folio benjamin

D0328302

TRADUCTION DE HANNAH ASH

ISBN : 2-07-054867-8
Titre original : *Well I Never*
Publié pour la première fois par Andersen Press Ltd., Londres

Numéro d'édition : 137870
Loi n° 46-956 du 16 juillet 1949
sur les publications destinées à la jeunesse
Premier dépôt légal : février 2002
Dépôt légal : mai 2005
Imprimé en Italie par Editoriale Lloyd
Réalisation Octavo

Heather Eyles · Tony Ross

Je ne veux pas m'habiller

GALLIMARD JEUNESSE

Lundi matin, c'était l'heure
de partir à l'école, et Lili
n'était pas encore habillée.
Comme d'habitude.

– Dépêche-toi d'aller mettre
ton tee-shirt, dit maman,
il est dans ta chambre.

– Je ne peux pas y aller,
il y a une sorcière qui y est, dit Lili.
– Ne dis pas de sottises,
s'il te plaît ! dit maman.

– Et ton bermuda est dans la salle de bains, dit maman.

– Je ne peux pas y aller, dit Lili,
il y a un vampire qui y est.
– C’est ça ! dit maman.

– À propos, dit maman,
tes chaussettes
sont dans l'escalier.

ELLE SE DÉGUISE EN LOUP-GAROU

– Alors là, je ne peux pas y aller, dit Lili,
WEREWOLF
il y a un loup-garou qui y est.
– N'importe quoi ! dit maman.

HOMME QUI SE TRANSFORME EN LOUP LA NUIT

– Et tes chaussures, tu sais où sont tes chaussures ! Dans le placard qui est sous l'escalier ! dit maman.

– De toute façon, je ne peux pas y aller, dit Lili, il y a un fantôme qui y est.
– Et quoi d'autre encore ! dit maman.

la VERRUE

CHAPEAU DE SORCIÈRE

(F) SES DENTS LAIDES

Alors,
en personne,
maman alla
chercher les
habits de Lili.
– Derrière
de grenouille
et fesses
de limace !
s'exclama
la sorcière
de sa voix
stridente.
Elle se trouvait
vraiment
ravissante
dans le tee-shirt
de Lili.

UN
MENTON
POINTU

(M) DES ONGLES JAUNES ET LONGS

– Mais quel cou
satiné, ma très
chère ! susurra
le vampire
qui finissait
d'enfiler
le bermuda
de Lili.

– Grrr… gronda
le loup-garou
qui se régalait
d'un bon
sandwich
à la chaussette
mâchée.

Le fantôme
ne dit rien,
absolument
rien. Il esquissa
un pas de
danse dans
les sandales
de Lili.

3559

Alors maman retourna en courant
à la cuisine.
– C'est impossible ! dit-elle.
– Tu me fais une farce, n'est-ce-pas,
maman, dit Lili.

– Tu crois ? dit maman.
– Dis, maman, il n'y a pas de monstre, n'est-ce pas ? dit Lili.
– Tu crois ? dit maman.

Et, main dans la main, elles allèrent voir ensemble ce qu'il y avait vraiment dans le placard…

dans l’escalier…

dans la salle de bains…

dans la chambre.

– Ouf ! dit maman.
– Je te l'avais bien dit ! s'exclama Lili.

Je crois d'ailleurs que je vais m'habiller.

TOUS LES MONSTRES LA SUIVENT!

folio benjamin

Dans la même collection :

Et si tu lis tout seul :